SEULE ET UNIQUE VÉRITABLE

COMPLAINTE

DE CHARLES X,

ÉCRITE PAR LUI-MÊME, AU MOMENT DE SON EMBARQUEMENT,

Arrivée de Cherbourg par estafette,

ET ADRESSÉE
A L'ARCHEVÊQUE DE PARIS.

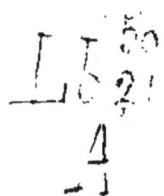

SE VEND A L'ARCHEVÊCHÉ,

ET RUE DU BOULOY, Nº 10.

1830

. Nota. L'abondance des notes historiques a empêché de faire sentir les beautés poétiques. Les savans sont priés de les indiquer aux autres.

LETTRE CLOSE.

MONS L'ARCHEVÊQUE,

L'autre jour vous me disiez comme ça, sous le porche de la métropolitaine : Sire, ne craignez rien ; Sire, n'ayez pas peur ; Sire, marchez toujours, Dieu dissipera vos ennemis ; allez en avant, Sire. Eh bien ! sire l'archevêque, savez-vous où je suis arrivé à force de marcher?... à Cherbourg, mon saint homme, à Cherbourg, d'où je vous envoie la présente complainte, afin que vous l'entonniez à l'office et que vous la fassiez chanter par les chanoines de la cathédrale et de Saint-Denis.

Vous attesterez à tous et à chacun, MONS l'archevêque, et par un mandement formel, que la présente complainte est bien réellement faite et écrite par moi en son entier, au moment de mon embarquement, sous un gros chêne, à l'imitation de saint Louis.

Je vous le dis, MONS, puisqu'ils sont bons enfans à Paris, restez-y; chantez ma complainte, et si vous voyez mes jésuites, donnez-m'en des nouvelles. Et puis ensuite, très pieux et très saint MONS, puisqu'il n'y a plus moyen de s'entendre avec les hommes, priez le bon Dieu tout puissant qu'il me rende mon royaume le plus tôt possible, et au reçu de votre pétition. Mais, de par tous les diables! MONS l'archevêque, n'allez pas vous tromper de litanie, comme vous faisiez apparemment lorsque vous demandiez du soleil et qu'il nous arrivait toujours de la pluie.

La présente n'étant à d'autres fins, je prie Dieu, MONS l'archevêque, qu'il vous ait en sa sainte et digne garde.

Donnée à Cherbourg, le 16 d'août, seizième jour de notre condition privée et involontaire.

Signée : EX-CHARLES X.

SEULE

ET UNIQUE VÉRITABLE

COMPLAINTE

DE CHARLES X.

Sur l'air de la complainte de Montebello.

1.

Peuple Français, je te quitte,
Je sens mes larmes couler ;
Vainement pour m'en aller
Je ne marche pas bien vite ;
Car j'abandonne un pays
Pour moi le vrai paradis (1).

(1) Un paradis, c'est vrai, un bon pays de

2.

Adieu donc, mes bons jésuites,
Hélas! vous allez jeûner;
Vous partagiez mon dîner.»
Du repas ô douces suites!
Alors pour me corriger
Vous veniez me fustiger (1).

Cocagne; voici ce qui m'a été dit : On deman-
dait au grand Frédéric quel était le plus beau
rêve qu'on pût faire : C'est de rêver qu'on est
roi de France, répondit-il. Charles X a fait ce
rêve, mais le songe est fini, et bien par sa
faute.

(1) Avez-vous vu la caricature? le roi dévot est appuyé sur un prie-dieu, un vigoureux
jésuite lève le manteau royal comme on re-
trousse la chemise d'un enfant; il tient le martinet de l'autre main et a l'air de frapper fort...
tout juste au-dessous du dos!

5.

Adieu, vous, les bons gendarmes,
Soutiens de tous mes projets,
De sabrer mes chers sujets
C'était pour vous plein de charmes (1),
Avant qu'on vous eût prouvé
Ce que pèse un gros pavé.

(1). Vrai plaisir de gendarmes... Ça ne pouvait pas durer toujours; rue Saint-Honoré, ils sont arrivés au grand galop pour charger le peuple, ils ont chargé... quoi? les barricades. Ils se sont bousculés les uns sur les autres, et ils ont dit : Nous avons le nez cassé, c'est rien que ça; mais la pluie de pavés... ah! que c'est lourd! Il y en a plus d'un qui n'a pas pu les porter et qui est resté sur place; plus de gendarmes, ils sont enterrés.

4.

Adieu, ma garde royale,
Héros à trente-six francs (1) !
Ah ! vous ne fûtes pas blancs
Dans la ville déloyale,
Où plus d'un petit garçon
Tira sur vous sans façon (2).

(1) Ils étaient chargés de nous tirer du sang
à raison de trente-six francs par jour ; mais à
ce métier ils n'ont pas gagné des rentes.

(2) Des enfans de treize ans se sont conduits comme de vieux troupiers, et en ont des-
cendu pas mal. C'est vraiment une histoire à
faire sur ces marmots... En voyez-vous un assis sur le parapet du quai de l'École...? pa-
tience. — Un officier de lanciers crie à sa
troupe : *Chargez !* Tout d'un coup on l'appelle : Commandant ! l'officier se retourne ; qui
l'appelle ? un gamin dont la tête touche le poi-
trail de son cheval. — Que veux-tu ?... — Attrape... le pistolet part et le commandant

5.

Point d'adieux, troupes de ligne,
En l'air vous tíriez vos coups;
Je suis peu content de vous,
Votre conduite est indigne;
Il fallait viser les corps,
Vous auriez fait plus de morts (1).

tombe. Les lanciers croient que le coup est venu de loin et partent au grand galop... Eh bien! le voyez-vous, ce petit sournois, assis sur le parapet comme auparavant?... C'est lui qui a fait le coup... C'est-il là une fameuse race de Gaulois?

(1) Les régimens de ligne ont été conduits au feu contre leur gré; on leur a dit : Si vous ne tirez pas, on va tirer sur vous; ils ont tiré à la fin, mais presque toujours en l'air; ce n'était pas là le compte du compère Charles X. Comme disait un faubourien à un sergent du 5e : Pourquoi qu'y n'est pas venu tirer lui-même?

6.

Adieu la cocarde blanche ;
En voyant les trois couleurs,
J'ai dit : Voici des malheurs !
Il faut repasser la Manche ;
Je crois que la nation
Entre en révolution (1).

(1) Charles X et sa famille ont cru jusqu'à
la fin que ce ne serait rien ; tout d'un coup
Madame monte à sa tour, comme dans Mal-
borough, et voit le drapeau tricolore ; elle des-
cend et se met à fondre en larmes. Alors Charles X, qui a toujours la bouche ouverte, est
resté positivement comme un Colas.

7.

On revoit les uniformes
Des gardes nationaux ;
Que n'ai-je des tribunaux
Pour les juger dans les formes (1) !
C'est là le remercîment
Du fameux licencîment.

(1) Voyez-vous ça ! il voudrait les juger
dans les formes ; c'est qu'il aime fameusement
la Charte et l'ordre légal, quoiqu'il n'en parle
pas tant que M. Dupin l'avocat, qui lui aurait
bien donné des bonnes consultations. Com-
ment ça se peut-il qu'il ne s'était pas douté que
les miliciens de la garde nationale avaient mis
tout l'équipage en vente, sauf la giberne et le
fusil ? Un faubourien disait : Depuis le licen-
ciment j'avais mon fusil en joue , à la fin j'ai
fait feu !

8.

Je vais écrire à Toulouse,
A Villèle le magot (1),
Car même avant mon cagot
Il m'avait mis dans la blouse :
Des milices de Paris
C'est lui seul qui fit mépris.

(1) Dites-donc, voisin, l'avez-vous vu ce Villèle, qui va bientôt venir à Bicêtre? Oh! est-il laid! Oh! que c'est bien dit magot! et le cagot? — Tiens, gageons que c'est l'imbécile de Polignac : voyez-vous, voilà comme on dit ça pour la rime : le magot, c'était un finaud, et le cagot, c'était un nigaud. C'est le magot finaud qui a ouvert le trou devant Charles X, rien que pour lui faire peur; et c'est le cagot nigaud qui l'a enfoncé, en lui disant qu'il ne tomberait pas... C'est-il pas un bonheur pour nous, que des êtres tels que ceux-ci sont!

9.

Buffets, tables et commodes (1)
Par les fenêtres lancés,
A mes soldats harassés
Ont paru très incommodes;
C'était des tours malfaisans
Faits par de mauvais plaisans.

(1) Oh! c'est impossible de ne pas courir à
Véro-Dodat, dans le passage : voilà-t-il pas un
pauvre soldat en caricature qui attrape une
commode sur le dos, et qui s'encourt en chan-
tant la romance : *Ah! quel plaisir!* Il y en a
une qui, en regardant ça, disait : C'est ma
commode, oh! le coquin! Où donc qu'il l'a
pris? — Bah! laissez-le faire, disait l'autre, il
ne l'a pas volé. — Et puis l'autre encore, qui
reprend comme ça : N'ayez pas d'inquiétude,
il ne la portera pas loin.

10.

Ciel ! me traiter de la sorte,
Pour un peuple si poli ;
Cela n'est pas très joli,
Paris me met à la porte ;
Partout on l'a placardé (1)
Et l'on s'est barricadé.

(1) Le bonhomme n'en pouvait pas revenir !
Il ne voulait pas se résoudre à quitter les en-
virons ; on le croyait à Lille qu'il était encore
à Saint-Cloud. *Les bras nus*, que tout cela en-
nuyait fort, se sont mis à crier : *A Saint-Cloud.*
On est arrivé, mais le lièvre était parti. Le cou-
vert était mis, et la table toute servie ; nos faubouriens avaient appétit et allaient faire hon-
neur aux vivres, lorsque l'un d'eux, mieux
avisé, leur a dit : Un instant, notre bon père
nous a bien envoyé des dragées de plomb, il
pourrait nous avoir préparé des boulettes d'ar-
senic ; et l'on a jeté le tout par la fenêtre.

11.

A Rambouillet je m'installe ;
Mais cent mille combattans
Arrivent tambours battans,
Afin qu'enfin je détale :
Je ne me fais plus prier,
Je pars comme un lévrier (1).

(1) Voilà donc que notre bon père se met en route, mais c'est plus fort que lui, il faut qu'il s'arrête ; il dit qu'il va partir et puis après qu'il ne partira pas. Les autres de Paris disent comme ça : Il faut que ça finisse, en avant six mille hommes ! on grimpe sur les coucous, sur les fiacres, sur les omnibus, et le lendemain il se trouve soixante mille baïonnettes à deux lieues de Rambouillet. Charles croit qu'il y en a deux cent mille et que tout Paris lui tombe sur le corps ; décidément, qu'il se dit à part lui ; ça n'est pas des amis, ça ne vient pas à mon secours ; et cette fois il file tout de bon.

12.

Avec quatre commissaires,
Nous cheminons vers Cherbourg ;
Et je fais dans chaque bourg
Des haltes peu nécessaires (1) !
Je comptais sur les chouans ;
Ils m'ont fait aussi choux-blancs (2).

(1) Il ne va pas vite, c'est vrai ! Que voulez-vous ? cet homme est âgé ! Trois lieues par jour c'est beaucoup pour lui, à ce qu'il prétend ; on sait bien qu'il en faisait quatorze lorsqu'il courait sus aux daims et aux biches, mais il y allait de tout cœur, tandis qu'ici il voudrait faire l'écrevisse ; pas moyen, en France aujourd'hui on ne va plus à reculons.

(2) Pas même de chouans ! Comme cette famille était aimée ! Quand on dit que pas un homme, mais pas un seul homme n'a pris les armes pour elle ! Voilà pourtant ce que c'est que les journaux appellent bien souvent un monarque chéri ! Comme dit la caricature, fai-

13.

O France trop malheureuse (1),
Je ne pourrai plus chasser,
Que de cerfs vont s'engraisser!
Tu perds la main valeureuse
Qui t'abattait dans les bois
Huit cents pièces à la fois (2).

tes-moi le plaisir de me dire où les royalistes
se trouvaient le 29 juillet ?

(1) Quel bonheur pour nous! on disait tous
les jours : le roi a chassé; il faut voir comme
Sa Majesté vous attrape un lapin, comme il
court le cerf. O Français! que vous aviez là
un excellent prince! comme il s'amusait! Il paraît que le gibier manquait à la fin; il a voulu
chasser aux Français... Va-t'en voir s'ils vien-
nent...

(2) Bien davantage, vraiment! jusqu'à quinze
cents! Chaque pièce de gibier coûtait à élever
mille francs l'une dans l'autre; notre bon roi
en tuait donc pour trente mille francs dans une
chasse, et pendant ce temps-là on vendait pour

14.

Ah ! je perds un beau royaume,
Où l'on me donnait toujours
Un million pour quinze jours (1) ;
Aussi le grand roi Guillaume (2 ,
Avait bien jugé de nous,
En s'écriant : ils sont fous !

dix francs le mobilier des pauvres gens qui ne
pouvaient pas payer deux écus de contribu-
tions. Aussi, tous ces pauvres gens, il les ap-
pelait ses *fidèles sujets.*

(1) Deux millions au moins en comptant les
dépendances de la couronne et les tours de
bâton. N'y avait-il pas de quoi vivre bien gen-
timent ? Tous les faubouriens n'ont pas un si
joli revenu !

(2) C'est le roi d'Angleterre, qui s'appelle
Guillaume de son nom de baptême ; quand on
lui a dit que le roi de France et ses ministres
voulaient enchaîner le peuple, il a répondu :
Ils sont tous fous. Il paraît que ce Guillaume-là
ne l'est pas.

15.

Adieu, belles Tuileries,
Où je brillais comme un Dieu ;
Adieu, pour jamais adieu !
C'est le château des tueries,
Où mes braves étrangers
Ont couru bien des dangers (1).

(1) C'est bien vrai qu'on peut l'appeler le *château des Tueries*, on y a déjà massacré le peuple deux fois ; il y a des gens qui prétendent qu'en effet les Suisses ont couru des dangers le jour qu'on les a chauffés, comme on dit ; mais point de mal à ça ; les femmes, les enfans, les vieillards, tout comptait pour eux ; ils tiraient sur tout. Les écrevisses, comme dit le faubourien, entrent en France à leur manière, ils filent vers leurs montagnes, mais ils reviendront... Oui, dit le faubourien, pour nous vendre des fromages de Gruyère.

16.

Adieu, Versaille et Compiègne,
Saint-Cloud et Fontainebleau;
De mon sacre le tableau (1),
La fleur de lis mon enseigne ,
Tout cela fut déchiré ,
Je ne suis plus vénéré.

(1) Aucun des milliers de tableaux du Louvre n'a souffert; on n'a déchiré que le tableau du sacre, où l'on voyait ce gaillard de Charles X qui venait de jurer devant les autels fidélité à *la Charte!*... Otez-lui votre chapeau, il a tenu ses sermens! Ah! faux dévot, gare l'enfer!

17.

Adieu la grande revue
Où le dauphin commandait (1),
Raguse le secondait,
Cela récréait ma vue ;
Alors j'étais souverain ,
Je ne suis plus qu'un humain.

(1) Voilà tout ce qu'ils savaient faire : le papa allait à la chasse et le garçon à la parade ; u, i, ni... Et ce bon ami Marmont ! Comme il n'y avait pas de Raguse du côté du peuple, cette fois on n'a pas pu prendre Paris ; aussi le Dauphin lui a-t-il donné de grands coups de poing sur le nez et des coups d'ongles à la gorge... Ça finit drôlement l'histoire d'un traître !...

18.

Adieu mes riches voitures,
Elles sont aux chiffonniers
En guenilles et paniers ;
Avec leurs sales figures,
Ils vont *ru* (1) Saint-Honoré
Dans mon carrosse doré (2).

(1) On trouve des e au mot *rue* au coin des rues, mais nous mettons *ru* par la méthode de M. Marle ; il faut que tout le monde soit content... en révolution.

(2) Rien de plus vrai : ils étaient tous montés dedans, pas plus propres que vous les voyez, les hottes sur l'impériale ; à leurs habits et à leur visage, on reconnaissait bien que ce n'étaient pas des Charles X ! Que voulez-vous ? ces braves gens n'ont pas l'habitude de se friser et d'aller dans les voitures du roi !

19.

Diamants de la couronne (1),
Je vous avais emportés,
Vous êtes mal escortés,
Allez, je vous abandonne.
Des ouvriers sans souci
Montent sur mon trône aussi (2).

(1) Pas si mal raisonné : prenons toujours le magot. Un moment, Sire ; parce qu'il n'y a plus de gendarmes, on n'en vole pas plus à l'aise... Rendez les diamans, puisque vous n'emportez pas le trône.

(2) Ah ! quelle scène ! Tout ce peuple à pieds crottés qui venait s'asseoir sur le trône !... Est-on bien ?... pas mal ;... ça glisse,... on s'enfonce... A part les morts et les blessés, c'était fort comique !

20.

Faut-il pour des ordonnances (1)
Perdre tant de beaux profits ?
Nous voilà tout déconfits
Ministres, pour vos vengeances ;
Et moi je perds le haut rang
Pour avoir versé du sang.

(1) Les gens de campagne disent : Mais
qu'est-ce que c'est donc que ces ordonnances?
c'était-il donc de belles demoiselles dont il
était amoureux et qu'on voulait lui prendre?...
Point du tout : c'était des chiffons de papier
avec quatre lignes dessus, pour dire qu'on ne
ferait plus de journaux, et c'est ça qu'il a
voulu tremper dans le sang plutôt que de le
déchirer.

21.

Après moi, mon fils abdique
Pour notre duc de Bordeaux;
On refuse nos cadeaux.
Eh bien! jusques en Belgique,
A ses parens sans retard
Je renverrai le bâtard (1).

(1) Quand il ne l'a plus il dit : je n'en veux
plus ; à toi, d'Angoulême, prends ça. — Ce
n'est pas facile, passons-le au petit. — Le peuple répond : Il n'y a point de petit qui tienne...
Et puis c'est affrenx d'avoir pris cet enfant à
ces pauvres gens de Bruxelles en Belgique. On
assure que son père et sa mère le réclament;
pauvre innocent ! va dans ta famille.

22.

Connaissez mon infortune,
C'est la duchesse ma bru
Qui d'un ton brusque et bourru
Comme un soldat m'importune !
Ah ! pour le gouvernement
C'était un vrai garnement (1).

(1) Il y a long-temps qu'on le sait, l'Empereur disait comme ça : *C'est le seul homme de la famille;* dans le temps c'était ainsi, c'est encore de même aujourd'hui; bien des pardons, monsieur la duchesse d'Angoulême, il n'y a pas possibilité d'aller à Bordeaux. Y ne sont plus si bêtes dans ce pays-là; comme dit le faubourien, ils n'avaient pas vendu leur vin, ces années dernières; la légitimité ça ne boit pas assez.

23.

Son mari l' duc d'Angoulême
N'est pas si bon faubourien!
Il ne pense et ne dit rien,
Et n'a qu'une face blême :
N'est-ce pas dire en un mot
Qu'il a bien tout l'air d'un sot (1).

(1) Le pauvre homme n'a jamais été fort ; il était jésuite et il aimait les traîtres, c'était l'ami de Bourmont qui trahit l'empereur à Waterloo... Voilà-t-il pas qu'il se met un jour à rêver qu'il a fait un beau coup au Trocadero... où il avait fait enlever un poste espagnol par quatre hommes et un caporal ! mais, comme dit toujours le faubourien, il est cocdce le z'héros d'Andujar !

24.

Pour madame Caroline (1),
C'est comme en plein carnaval,
En habit d'homme, à cheval,
Parfois elle se mutine,
Et jure bien qu'elle ira
Un beau soir à l'Opéra.

(1) Soyons francs : il n'y a pas de mal à dire
de cette pauvre petite duchesse de Berry ; c'était
une petite éveillée qui jouissait bien de la vie et
qui encourageait tout le monde. Elle a laissé
cinq millions de dettes, mais elle a fait dire
qu'elle les paiera. Qu'elle aille s'amuser à Na-
ples, même avec son prétendu fils, et nous lui
souhaitons bon voyage.

25.

Me voici donc en pâture,
Aux badauds chez Martinet,
Si l'on regarde un benêt,
C'est Charle (1) en caricature (2),
Et par le premier venu
Je suis toujours reconnu.

(1) Suppression de l's par la méthode de M. Marle.

(2) C'est bien dommage que ce pauvre Charles X ne puisse pas s'amuser de soi-même ! Il en parle par ouï-dire, donc je vais lui en dire quelques-unes : Dis donc, l'ami Charles X, as-tu vu *Colas ?...* eh bien ! c'est toi, mon cadet ; et *Charlot, pâtissier de la cour ?* c'est encore toi ; et *la Cruche des jésuites !* oh ! pour le coup, c'est toujours toi ; et c't autre qui pleure comme un veau sur la route de Cherbourg, hein ! c'est-il pas toi ? Et *la Chasse de Ram-*

26.

Or, savez-vous à toute heure
A présent quel est mon lot ?
Hélas ! le pauvre Charlot
Sans cesse s'attriste et pleure (1) ;
Grands dieux, quel chagrin amer,
Mes amis, je vois la mer !

bouillet ! c'est toi qui galopes, mais, pour le coup, c'est pas toi qui tires. Ah ! pauvre bonhomme, si le gibier a l'âme rancuneuse, comme il doit jouir !

(1) On assure en effet qu'il pleure toute la journée : la belle dignité pour ce prince si fort, qui disait : Ma volonté est irrévocable, je monterai à cheval. Ames sensibles, écoutez bien; il arrose les routes de ses larmes, et c'est par ses ordres que nous avons arrosé les rues de notre sang.

27.

Je m'embarque, adieu donc, France ;
En vain j'ai vu tes enfans
Me montrer leurs bras sanglants ;
Je riais de leur souffrance,
Mais ne riez pas de moi
Car, voyez-vous, j'étais roi (1).

(1) L'autre jour, il y en a un qui est venu dire à la tribune : Charles X était un bon enfant, pas plus méchant qu'un mouton ; ce sont ses ministres seuls qui étaient des tigres... Croyez ça et buvez... vous entendez bien. Comme disait encore un faubourien : Si j'avais été à la tribune, j'aurais dit à ce quelqu'un : monsieur, quand on entend tirer des coups de fusil et des coups de canon sur ses enfans, et qu'on n'est point goutteux, ou monte à cheval et l'on vient voir ce qui se passe ; mais il avait déjà sur la conscience les massacres de la rue Saint-Denis, et la sentait assez forte pour supporter encore ceux-ci... Puis n'allez pas rire de son malheur, ça scandaliserait les hommes qu'il a engraissés, et qui espèrent s'engraisser encore dans la nouvelle mue.

FIN.

PARIS. AUGUSTE MIE, IMPRIMEUR,
rue Joquelet, n° 9, place de la Bourse.

www.ingramcontent.com/pod-product-compliance
Lightning Source LLC
Chambersburg PA
CBHW061612180626

46818CB00005B/2035